マネキンさんがきた

村中李衣 作
武田美穂 絵

BL出版

今日は頭にきたから、トオルをさそって、学校がえりに近くの大みね川の河川敷《かせんじき》にやってきた。塾《じゅく》なんて、くそくらえだ。

ランドセルを放り投げると、トオルときょうそうで、平たい石をさがす。

「おれ、これにきーめたっ。今日こそ、十段《だん》連続《れんぞく》ねらってやるぜ」

黒くてかっこいいやつを見つけたから、空につきあげて見せた。

「ぼくの見つけたほうがぜったい、いいもんね。最高《さいこう》記ろくまちがいなし」

トオルも、つるっつるの石をつきあげた。

日がくれる準備《じゅんび》なのか、大みね川は、おれたちの声をのみこんで、だくだくと流れていく。

石投げは、一回目、おれが五段、トオルが四段。二回目、おれ七段、トオル、いきおいつけすぎて、一発でどっぷん。

「あはははっ、トオルのへったくそ!」

「笑《わら》うことないだろ、風がじゃましたんだ。サトちゃんだって、ぜんぜんたいしたことないじゃん」

言いあっているおれたちの目の前を、何かがつーっと流れていった。金髪《きんぱつ》のもしゃもしゃした毛のようなもの。

「あ、あ、あああ、あれ、人間の首じゃね?」

「うわっ。し、し、死体ぃ?」

おれたちは、顔を見あわせた。

「これって、ほら、死体の頭なんじゃね？」

二人して、にぎっていた小石を投げ捨《す》て、川を下っていく金色を、夢中《むちゅう》で追いかけた。

「まて、まてまてぇ〜！」

ちょうどいい具合に、途中《とちゅう》にあった板に、かたまりがひっかかった。

「おい、おまえ行け」

トオルをこづく。

「や、やだよ、サトちゃん行ってよ」

トオルがもぞもぞしているうちに、上からの水におされて、金色のかたまりは、今にも板からはなれて流れていきそう。

「やべっ！」

おれ、はだしになって、川の中へ入った。

「サ、サトちゃん、気をつけて。もしかしたら、深いとこあるかもしれないし」

トオルが、へっぴり腰《ごし》で、声だけかけてくる。うるせえ、ごちゃごちゃ言うな。びびったくせに。

足のうらで川底を確《たし》かめ確かめ、進んでいく。

「あ、もうちょっと、サトちゃん、そこそこ」

腕《うで》を思いっきり前にのばして、金色のもしゃもしゃをぐいっとつかんだ。

「やったぁ！」というトオルの声が聞こえる。

どんなもんだい。もしゃもしゃをかかげた。

すると目玉がぎろんとこっちを見ている。

「ぎゃあああっ」

金色のもしゃもしゃは、マネキン人形の髪《かみ》の毛だった。マネキンの頭が、宙《ちゅう》づりになって、ぽたぽた水のしずくをたらす。

「ぎょえー、助けてくれぇ～」

つかんだマネキンの頭といっしょに、流れにさからってもうれつダッシュで川からはいあがる。

トオルのやつ、しりもちをついて、来ないで、来ないでと、おれに向かって手をふる。

トオルとマネキンの頭と、ならんでしばらく、河原《かわら》の風にふかれてぼおっとすわっていた。

「死体じゃなくて、マジよかったな」

おれがぬれた足をぶらぶらさせて言うと、トオルもうなずいた。

「うん、よかった。でも、これ、フホウトウキってやつじゃないかな。本当は、使わなくなったマネキンとかは、とうちゃんが働《はたら》いてる、かんきょうえいせいセンターに持って行かなきゃいけないんだけど、お金がかかるからね。

きっと、ずるして、だれかが川に捨《す》てたんだよ」

トオルは、しゃべりながら、ちらっちらっと、マネキンを横目に見る。

おれは、別《べつ》のことを考えていた。

「なあ、いっちょこいつで、先生をおどかしてやるか？」

「え？」

トオルが目をまんまるくする。

「安光《やすみつ》先生ときたら、おれらの学校にかわってきたばかりなのに、おれと重《しげ》田《た》のこと、おこりすぎ。なまいきだ」

「うんうん。安光先生ににらまれちゃったら、びびるよね」

「おれさ、今日、重田と二人、机《つくえ》の上から引きずりおろされて、『机は土俵《どひょう》じゃありません』って、先生にすんごい声でかみなり落とされただろ」

「うんうん、あれはこわかったね」

「おまけに、重田《しげた》とのすもう勝負はあとでさせてやるって言ったくせに、結局《けっきょく》、おこっただけで、なんにもさせてくれなかった」

おれは、まだかわかない両足を力まかせにふりまわす。

「でもさあ、あのときは、たしかに机《つくえ》がグラグラゆれてあぶなかったよ。サトちゃんと重田くんがちゃんと机の上からおりるまで、安光《やすみつ》先生の顔、マジ真《しん》けんだった。サトちゃんたちがぶじに下におりてからだよ、先生がどなったのは」

トオルをキッと、にらみつけた。

「おまえ、おれより、先生の味方をするんか？」

「そ、そんなんじゃないけど……」

おれは、びしょびしょのマネキンを膝《ひざ》の上にのせかえた。

「よし、こいつで明日《あした》、先生『きゃー』って言わせてやる」

トオルに向かってピースサインをして見せた。

「えー、これ、学校に持っていくの？」

「おう、安光先生をぜったい『きゃー』って言わせてやる」


次の日の朝、おれとトオルは、待ちあわせて、新聞紙にくるんだマネキンをかかえ、いつもより早く学校へ向かった。

「サトちゃん、家の人によくばれなかったね」

「まあな、そこは必死《ひっし》さ。机の下にかくしといて、朝は図工の工作だってごまかして、持って出たんだ」

校門を入ると、安光先生のうしろ姿《すがた》が、体育館横の足あらい場に見えた。

「トオル、チャンスだ」

おれは、ランドセルを背負《せお》ったまま、腕《うで》の中の新聞紙をはがして、中のマネキンを取り出した。

「うひゃっ、やっぱ、見るとはく力あるね」

トオルがちょっとあとずさりする。

「だろ？　ぜったいうまくいくぞ」

うっしっし。わくわくしてきたぜ。

先生は、おれたちに気づかずに、いっしょうけんめい、バケツをあらっている。

そろりそろりと近づいていく。

ひとつ深呼吸《しんこきゅう》してから、先生の顔の前にマネキンをぬっと出した。

「きゃあああ！」

先生が、あらっていたバケツを放り出してさけんだ。

「やったぁー、安光《やすみつ》先生がきゃーって言ったぞ！」

おれ、マネキンをつかんだまま、飛《と》びあがった。トオルもとなりで、ぴょんぴょんはねてる。

こらぁーってどなるのかと思ったら、先生は、あきれたようにおれたちを見た。

「な？　せんせぇ、びっくりしただろ」

先生の顔をのぞきこんで、聞いた。

「うん、心臓《しんぞう》が止まるくらいびっくりした」

それを聞くと、胸《むね》の中がスカッとした。

「大成功！」

すると先生、おれたちを手まねきして小さい声で言った。

「やられたわ。でもあんたたち、言っとくけど、その人形にたたられないように気をつけてね」

その日、算数の時間も、国語の時間も、音楽の時間も、給食《きゅうしょく》の時間も、そうじの時間も、新聞紙にくるみ直して体育館のうらがわにかくしたマネキンの頭のことが、気になって気になってしかたがなかった。

終わりの会が終わると、トオルと目で合図しあって、体育館のうらがわに直行した。

「サトちゃん、どうする?」

「知るかよ、そんなこと」

「ずっとここに置《お》いとくなんて……できないよね」

「できない、できない。おれたちが持ってきたって安光先生にばれてんだから、えらいことになる」

トオルは、すっかりしょげかえって「うん」と、うなずいた。

「やっぱり、河原《かわら》に返しに行くしかねえか」

「だめだって。サトちゃん、ぼく、たたられるのなんか、ぜったい、やだよ」

おれたちは、新聞紙にくるまったマネキンをかかえて、とほうにくれた。

そして、さんざん考えたあげく、二人で、とぼとぼと、教室に向かって歩いた。

しかたないよな、どこにも捨《す》てられなかったんだから……

次の日の朝、おれとトオルは、だれよりも早くに学校に行き、四年二組の教室にだまーってすわっていた。

ガラッ。ドアの開く音。心臓《しんぞう》バクバクバク。

おれは、息を止めて、ドアのほうを見た。

岡《おか》みほこだった。

三年生のときもいっしょのクラスだったけど、ほとんどなんにもしゃべらないし、服とか髪《かみ》の毛とか、泥《どろ》がついてきったないやつ。

「ゆうれいみたいに入って来んな。気持ちわりい」

「サトちゃん、ゆうれいってのは、やめてよ」

トオルが小声でささやく。

岡《おか》みほこは、うつむいたまま、おれの横を通りすぎて、一番うしろの自分の席《せき》につく。ランドセルを背中《せなか》からおろして、うしろの棚《たな》のところへ持っていく。おれは、その様子をじっと見ていた。

みほこは、ちょっと立ち止まって棚の上のマネキンを見た。見たけど、なんにも言わずに、自分の場所にランドセルを入れて席にもどった。

ホッ。

でも、次に教室に入ってきた水野と林の女子二人は、マネキンを見るなり、きゃあ〜と大さわぎ。そのまま、ろう下に飛《と》び出していった。もうそのあとは、ろう下の外で水野と林がしゃべくるしゃべくる、おれとトオルは耳をふさいで、机《つくえ》につっぷした。

「ひでぇ～！」

「四年二組殺人事件《さつじんじけん》！」

「何が起こってんだぁ、この教室」

みんなみんな、さけんだり飛びはねたり。

そのうち、一番めんどうくさい重田《しげた》が教室に入ってきた。

「なんだなんだあ」

重田はずかずかとマネキンに近づいて、そのまんまマネキンの頭を持ちあげた。

女子が「やめてぇ」とかなんとか、さわいでにげまわるもんだから、重田は調子づいちゃって、「ほりゃほりゃほりゃ」と、教室内をマネキンといっしょに走りまわる。

「バカ、やめろ！」

おれは、重田《しげた》からマネキンをひったくって、もう一度うしろの棚《たな》の上にもどした。

「あれえ？　おまえなのか、そのへんなやつ持ってきたのは？」

重田がからんできた。

おれは、返事をしなかった。

とにかく、マネキンが棚の上に乗っかっているっていうだけで、教室は大さわぎだ。

安光《やすみつ》先生が、教室に入ってきた。

先生は、みんなのそわそわした顔を見まわし、それから、うしろの棚の上のマネキンを見て、「あら、まあ！」と、声をあげた。

「先生、見て見て。サトシくんがね、これ持ってきたみたいで……」

おしゃべりの水野と林が、マネキンのところに走っていって、安光《やすみつ》先生に説明《せつめい》しようとしたので、おれはすごい目でにらみつけてやった。

「勝手にさわんな！」

先生は、深呼吸《しんこきゅう》してから、おれのほうを見た。

「サトシくん、どういうことですか？　なぜ、教室にマネキンを持ってきたのですか？　返しに行ったんじゃないんですか？」

みんながいっせいに、おれのほうを見る。

下を向いて返事をせずにいると、トオルが、おれの代わりに、しゃべり始めた。

「ぼくら、昨日《きのう》学校が終わってから、拾ったとこへ返しに行こうと思ったんだけど……」

トオルの顔がゆがんで、今にも泣《な》き出しそうだ。

「思ったんだけど、それでほんとにいいのかなって……。せっかく拾ってもらえたと思ったのに、また一人ぼっちで放り出されたら、きっとおれたちのことうらむだろうなぁ～って」

トオルの声はそうとうふるえてた。

「先生が悪いんだぞ。先生が、たたられる、なんて言うから」

おれは、泣きたいのをぐっとがまんして、先生をにらんだ。

「ぼくら、どうしていいかわからなくなったんだ。先生、どうしよう」

トオルの言葉に、それまで、おもしろそうに話を聞いていたクラスのみんなも、どうしようって顔になった。

「これでようやく、どうしてこのきみょうなマネキンが教室にいるのか、わたしたちにも、わけがわかりました。先生、なんとかしてください。たたられるのは、いやです」

学級委員の太田由美子《おおたゆみこ》が立ちあがって、きっぱり言った。

先生は、うーん、とうなった。それから、しばらくじっと考えこんでいたけれど、顔を前に向けてゆっくり口を開いた。

「みなさんは、小学四年生ですよね。実はわたしもみなさんと同じで先生四年生なんです。まだまだ、わからないことや、まちがったことをしてしまうのも、みなさんとおんなじです。いやいや、みなさんよりも、多いくらい。今回サトシ君とトオル君が、マネキンを拾って、勝手に学校に持ってきたことは、いいことではありません。でも、簡単《かんたん》に捨《す》ててしまうことができなかったというのは、えらいです。二人が今いっしょうけんめいなやんで考えているのなら、先生もいっしょになやんで考えてみたいと思います。たたれないようにって、言ってしまったのも、先生だしね」

そうだ、そのとおりだ。もとはといえば、先生のせいだ。でも、声になららなかった。

「ああ、めんどくせぇ。どうでもいいからかんきょうセンターに持ってけばいいんじゃね？」

重田《しげた》が、鼻くそをほじりながら言った。

こいつのこういうとこ、カチンとくる。

トオルも、重田をにらんでる。ゴミの種類も考えずにそういういいかげんなゴミの捨て方をするから、とうちゃんたちがこまるんだと、言ってやりたかったにちがいない。でも、重田に向かってそんなことを言い返す勇気《ゆうき》は、トオルにはないからな。

篠原《しのはら》ケンがひょろっと手をあげた。

「では、ここでクイズです。もし、かんきょうセンターに持っていかれたら、このマネキンは、どんな運命をたどるでしょう。三択《さんたく》でーす。1、こなごなにくだかれる。２、ものすごい熱《ねつ》でドロドロにとかされる。３、プレス機《き》でぺしゃんこにつぶされて板みたいになる」

女子たちが、やだー、ざんこくーと、悲鳴《ひめい》をあげる。

もうたくさんだ。

「なあ、先生、たのむから、この教室にしばらく置《お》いてくれよ」

おれは、はじめて先生にたのんだ。

先生は、みんなの顔を見わたした。

「さて、サトシくんは、こう言っていますが、どうしますか？」

「うん、いいよ」

「おもしろそうだし、ちょっとのあいだならいいよ」

「いいでーす」

男子たちから、賛成《さんせい》の手があがった。

ほっとしたと思ったら、

「え～、やっぱり気持ち悪いです。給食《きゅうしょく》食べるときなんか、目があうとウッて、なりそう」

女子の何人かが反対の手をあげた。

まずい。おれは、言い返した。

「いいよ、給食でウッとなったら、おれが代わりにまとめて食べてやる」

女子たちが、ぷっとふきだした。

「サトシくん、本気でこまってるんだね」

ばかやろう、あたりまえじゃないか。おまえら、マネキンにたたられてどうにかなっちゃえ！

「どこかに里子《さとご》に出すっていうのはどうですか？」

三年生のときにはいっしょのクラスじゃなかった女子が発言した。

「あのね、うちで子犬が三びき生まれてね、全部育てられないから、二ひきは里子《さとご》に出したの」

ケンが、すぐに反対した。

「子犬とマネキンじゃ、わけがちがうよ。もらってくれるとこなんか、ないないない」

また、みんな考えこんだ。

「えーと、マネキンといっしょにすごしたいわけじゃないけど、でもだからといって、捨《す》ててしまうのは、やっぱりしちゃいけない気がします。

『この広い世界で出会ったものどうし、なかよくしよう』って、安光《やすみつ》先生、最初《さいしょ》の日に言いましたよね」

由美子《ゆみこ》が、ちょっとすました顔で、教室じゅうを見まわした。

「へっ、ゆうとうせいだね」

重田《しげた》がからかったが、由美子はへっちゃらだ。

「だから、最初はちょっと気持ち悪いかもしれないけど、やっぱり、しばらく教室でいっしょにすごして、様子を見るのがいいと思います」

それまで反対の手をあげていた藤原春花《ふじわらはるか》が、立ちあがった。

「太田《おおた》さんは、このままって言ったけど、でも、頭だけっていうのは、やっぱりいやです。どうしても気味悪いので、洋服とか着せてあげたらいいと思います」

「藤原さんに賛成《さんせい》です。わたし、おねえちゃんの着なくなった洋服持ってきてもいいです」

「じゃあわたし、手ぶくろと、くつ下を持ってきます」

重田《しげた》が鼻をならす。

「ふん、持ってきてどうすんだよ。おまえら、くっつけることなんか、できんのかよ」

「そうだよ、女子はいいかげんなこと言うな」

重田の発言に男子たちが続《つづ》く。

由美子《ゆみこ》が男子たちをにらんだ。

「できるわ。それに、先生は、このクラスが始まったときの約束《やくそく》で、こまっている仲間《なかま》がいたらみんなで助けたり守ったりすること、って言いました。サトシとトオルがこまってるんでしょ。それから、マネキンさんもこまってるんでしょ。だったら、みんなで助けるしかないと思います」

由美子が言ったすぐあとで、

「わたしも太田さんの意見に賛成です。先生も手つだってください。マネキンさんに手とか足とか洋服とかをくっつけてくれますか?」

ひっつきむしの里奈《りな》が言うと、みんないっせいに安光《やすみつ》先生の顔を見た。

そのとき、またまた篠原《しのはら》ケンが手をあげた。

「ここでクイズです。三択《さんたく》でーす。さて、安光先生は、どうするでしょう?

1、じょうずに針《はり》と糸でくっつける。2、針で手をさして血だらけになる。

3、できるわけないと、おこりだす」
みんな、どっと笑《わら》って、2、3、と勝手に答えを言いあった。おれも「3」と、指でサインを出した。

先生が、「しずかに！」と、声をはりあげた。一回ふうっと息をはいてから「答えは、1です」と言った。

やったぁーと、みんながはく手した。

「じゃあ、これで決まりですね。まだ、一度も意見を言ってない人、それでいいですか？」

由美子《ゆみこ》が教室中を見まわした。

「岡さん、何か意見はありませんか？」

岡《おか》みほこが、小さく顔をあげた。

「しゃべらせるの、ムリムリ」

重田《しげた》が大げさに手をふった。

岡みほこは、また下を向いた。ほんとに、マネキンとおんなじくらい、しゃべんないやつ。


終わりの会が終わってトオルといっしょに帰ろうとしていたら、安光《やすみつ》先生に、あなたたち職員室《しょくいんしつ》に来なさいと、言われた。マネキンもいっしょに、だ。

安光先生は、おれたちの横に立って、教室で決まったことを、校長先生や、ほかのクラスの先生に説明《せつめい》した。

「なるほど、そういうことですか。四年二組には、しょっぱなからびっくりさせられるなぁ」

校長先生が、おれの腕《うで》の中のマネキンをのぞきこんで、おおげさに頭をかかえてみせる。

安光《やすみつ》先生は、すみません、と頭をさげた。

「とくにマネキンの頭というのは、どうもぶっそうな事件《じけん》を想ぞうさせてしまったりもするのでねえ……」

校長先生は、今度は教頭先生と二人で顔を見あわせる。

「おっしゃりたいことはわかります。でも、この子たちなりに、いっしょうけんめい考えて、体の部分もちゃんと作ることに決まったんです。マネキンさんといっしょの時間をすごすことで、何か大事なことを学んでくれる気がするんです」

学ぶとか学ばないとか、おれたちには関係《かんけい》ない。でも、先生は、必死《ひっし》だ。

おれは、マネキンをぎゅっと胸《むね》に引きよせた。

「まあ、先生がそこまで言うんなら、しばらく様子を見てみましょう。サトシくんと、トオルくんだったかな。あんまり、安光先生をこまらせるんじゃ

ないぞ。しっかりたのむぞ」

え？　何をたのまれるんですか？　と聞こうとしたら、トオルが、「はいっ」と勝手に返事した。

となりで安光《やすみつ》先生も、「はいっ」と返事した。

おれたち四年二組には、一人、いや一体、メンバーがふえた。マネキンは、水色のTシャツにジーンズ、白い手ぶくろに赤いくつ下をはかせてもらって、教室の一番うしろにいる。棚《たな》の上ではなく、机《つくえ》といすが用意されて、ちゃんとすわっている。

マネキンは、いつのまにか「マネキンさん」とよばれるようになった。

おれ、マネキンさんが教室に来てから、今までみたいに黒板の前で「わっかりませ～ん」とおふざけしようとしても、マネキンさんがじいっとこっち

を見つめているから、やりにくい。

それに、今までなら、体そう服のふくろとか、絵の具箱とか、うしろの棚《たな》に放り投げていたけど、マネキンさんがじいっと見つめてくるので、両手で荷物を片《かた》づけるしかない。

最初《さいしょ》は「気持ち悪い」「ちょっと落ち着かないよね」とぐずぐず言っていた女子たちも「ねぇ、マネキンさんならどうする？」なんて、学級会の最中《さいちゅう》にうしろを向いて意見をもとめようとしたり、「マネキンさんだったら、こんなときどんなふうに思うかなぁ～」と、話したりするようになってきた。

そうじの時間なんか「マネキンさんがホコリすっちゃうとかわいそう」と、別《べつ》の場所にだれかが連《つ》れていくし、教室移動《いどう》のときも、マネキンさんをだいて連れていく。でも、マネキンさんはあいかわらず髪《かみ》の毛ぼさぼさで、顔もうすよごれていて、ほかのクラスの子たちはちょくちょくのぞきに来て、さわいで帰っていく。これはおれのせいじゃないからな。おれは悪くない。

一か月がすぎるころ、安光《やすみつ》先生といっしょに、ぼくとトオルはもう一度職《しょく》員室《いんしつ》によばれた。

「どうですか、その後、マネキンといっしょのクラスは?」

「ふつうです」

おれが答えると、横でトオルが、「みんなで助けあってくらしています」とつけたした。

「そうか、いっしょにくらしているか……」

校長先生は、よゆうの笑《わら》いをしてみせた。

「ところで、もうすぐ参観日《さんかんび》ですが、きみたちのおとうさんやおかあさんは、マネキンを見て、気味悪がるんじゃないかな?　いいかげんどこかへ持っていって処分《しょぶん》してはどうですか」

しょぶん？　捨《す》てに行くってことか？　今さらそれはねえだろ。

おれが、校長先生にもんく言おうとしたら、トオルが言い放った。

「ぼくのとうさんは、かんきょうえいせいセンターで働《はたら》いていますが、みんながフホウトウキをやめて、マネキンさんといっしょに勉強していると知って、ほめてくれました」

「ギリギリセーフだったな。おまえのとうちゃん、いいこと言ってくれたもんだなあ」

感心していたおれに向かって、トオルは「あれはうそ」と言った。

四年二組の参観日《さんかんび》は表現運動の時間で、自分たちが考えたダンスの発表をする。どんなタイトルのダンスにするか、木曜日の給食《きゅうしょく》のあとの学級会で、決める約束《やくそく》になっていた。その木曜日がややこしいことになった。

朝学校に来たとき、岡《おか》みほこのブラウスのおなかのところが、泥《どろ》でよごれていたから、重田《しげた》とおれが、きたない、バイキンがうつると、ちょっとからかった。それを安光《やすみつ》先生が見ていて、おこった。ちぇっ、まただ。

「洋服がよごれていることとなんて、だれでもあるでしょう。それがからかうようなことですか？　重田くん、サトシくん、あやまりなさい」

教室はシーンとなった。

トオルが、おれの背中《せなか》をこづいて、「あやまっちゃったほうがいいよ、先生本気でおこってるよ」とささやいた。

おれはマネキンさんのほうをちらっと見てから、立ちあがった。重田も立ちあがった。

「岡《おか》さん、ごめんなさい……でも」

ぐっと顔をあげた。

「でも、そうじのときも、グループ活動のときも、しゃべらないからイライラする」

岡みほこは、うつむいて動かない。

「マネキン語ならしゃべれたりしてな」

重田《しげた》が低い声で言った。

「いいかげんにしなさい！」

先生がどなる。

「先生、男子たちはね、かげでこっそり、岡さんは髪《かみ》の毛がぼさぼさでしゃべらないから、マネキンさんににてるって言ってたんです。それで、マネキンさんのことを

ふざけて『みほこ』ってよんだりして」

重田が由美子《ゆみこ》にくってかかった。

「なんだよ、おまえたちだって、笑《わら》って聞いてたじゃないか」

「笑ってません！」

先生が、「そこまで！」とさけんだ。

「人をからかったりバカにしたりするのは、最低《さいてい》です」

先生は、顔をまっ赤にして、ぶるぶるふるえてた。

「先生は、弱いもんの味方ばっかしてずるい」

ぽろっと、口から出てしまった。でも、うそじゃない。

ほんとのことだ。

先生は、だまって立っている。

「先生、続《つづ》きは給食《きゅうしょく》のあとの学級会でいいですか？　いろんなことがごっちゃになって、わけわかんなくなったから、わたしたちだけで話しあいたいです」

由美子《ゆみこ》がていあんした。

先生は、わかりましたと小さな声で言って、いすにすわった。

岡《おか》みほこはだまって、下を向いたままだ。

給食のあと始まった話しあいは、ぜんぜんもりあがらなかった。だれかの思いつきにみんなが乗っかって決まったダンスのタイトルは「おばけの街《まち》」。「おばけの街灯《がいとう》」「おばけの車」「おばけの横断歩道」など、街の中のいろんなものを全部おばけにしてしまい、その中を、全員でおどりまくるというストーリーだった。約束《やくそく》だったので、先生は、だまって話しあいの様子を聞いていている。

「あのさぁ、ちょっと気になるんだけど、マネキンさんは、どうする？」

トオルが、小さく手をあげてたずねた。

教室がざわざわっとなった。

「そりゃぁ、うちのクラスの一人になってるんだから、ね、いっしょにやるっきゃないですよ、ね」

里奈《りな》が、由美子にむかって、ね、を連発した。

だれも反対の手をあげなかった。

「それじゃぁ、マネキンさんをだいておどる役はだれにしますか？」

由美子《ゆみこ》の問いかけに、ケンが「やっぱ、マネキンさんを連《つ》れてきたサトシでしょう」と言った。

じょ、じょーだんじゃねえ。

「それがいい」「それがいい」

みんな大笑《おおわら》いしながら賛成《さんせい》した。

おれは、ぶんぶん首をふってにげまわった。

「それだけはかんべんしてくれ」

そして、ぴっかーんと、ひらめいた。

「おれより、ぴったりのがいる。岡《おか》さん、岡みほこさんがいいと思います！」

みんないっせいに、岡みほこのほうを向いた。

「岡さん、どうですか？」

由美子《ゆみこ》が、黒板の前でチョークをとんとんさせて聞いた。みほこは、何も言わない。

「何も言わないってことは、いいってことだよな、な、岡さん」

言いながら重田《しげた》がぱちぱちと手をたたいた。

重田もいいとこあるじゃん。セーフ、セーフ。ほかの男子たちもはく手した。女子もつられて、なんとなく、そういうことになった。

話しあいが終わると、安光《やすみつ》先生が立ちあがった。

「終わりですか？　ほんとうに、これでいいんですか？　いいんですね？」

みんな、顔を見あわせて下を向いた。どんよりした空気になった。

「わかりました。自分たちで決めたんだから、中途半端《ちゅうとはんぱ》な動きはゆるしませ

んよ。おばけになりきって、おばけの街《まち》をしっかりあばれまわってください」

おれは下を向いたまま、ちらりと岡《おか》みほこのことをのぞき見した。

岡みほこだけは、まっすぐ前を向いていた。


放課後《ほうかご》、ふで箱を机《つくえ》の中にわすれてきたのを思い出し、トオルを校門のところに待たせて、教室にかけもどった。

一人教室に残っているはずのマネキンさんの横にだれかがいる。そおっと様子をのぞいてみると、マネキンさんの席《せき》のとなりに自分のいすをよせて、岡みほこが、金髪《きんぱつ》の頭をなでている。何をしゃべっているのか、声は聞こえない。

どきどきした。

おれは、足音をたてないように、その場を立ち去った。

安光《やすみつ》先生の特訓《とっくん》は、本気モードだった。おばけだというんで、腕《うで》だけひらひらさせて体育館の中をスキップしていたら、

「こらあ、そんなおばけがいるもんですか！」

　よつんばいになって、とことこ歩きながら「ぶっぶー」と声だけ出している子にも、

「こらぁー、どこがおばけの車なの？　あなたの車は、ちっともおばけの力で走ってないわよ」

ただつっ立って、うらめしや～の手まねをしている子には、
「こらぁ～、そんなおばけの街灯《がいとう》じゃ、どうやって明かりがつくの？　なんの明かりも見えないわ」
先生は体育館の真ん中にみんなをよびよせた。
「おばけならおもしろそうっていうような簡単《かんたん》な気持ちで、フラフラ動くだけじゃぁ、どうにもなりませんよ」

ケンがずっこけるふりをしてみせた。

「むりでぇす。ぼくら、まだ生きてて、おばけになんかなったことないんだもん」

先生はゆっくりうなずいた。

「そうだよね。みんなは生きてるんだもんね。だから、生きていないおばけたちは、どんなことを考えて、どんなことが楽しくてどんなふうに動きまわるのかを想ぞうしてみなくちゃ、動けないよね」

言いながら、先生は、そっと岡《おか》みほこのほうを見た。

岡みほこは、だまって、先生を見あげている。

岡みほこのとなりには、マネキンさんがいる。

先生は、体育館のカーテンを閉めて、電気も切った。真っ暗になった。

ひょえー、きゃー、と、あちこちから声があがる。

ＣＤプレイヤーのスイッチがオンになり、風の音が床《ゆか》からぶあっとまいあがるように聞こえてきた。

暗い体育館の中が、おばけうようよのたまり場に思えてきた。うずくまった一人ずつの体が、ぼおっとうきあがる。

「はい、この風に乗りながら、ゆっくり体を動かして」

みんな、どうしよう、どうしようと、体をよせあってもじもじしている。

そのとき、はしっこのほうで、すうっとだれかが立ちあがった。

みんな、ふりむく。

マネキンさんをだいた岡みほこだった。

はだしで、つうっ、つうっと体をすべらせるように前に進む。

岡みほこのほそっこい足に、しゃがんでいた男子の体がぶつかる。

「おおっ、びくったぁ～」とケンがはねのいた。岡みほことマネキンさんは、

そこにだれもいないみたいに、さまよい歩く。

先生は、風の音のボリュームをあげる。

女子の何人かが立ちあがった。そして、いつもは、みんなべったりくっついているのに、一人ずつ勝手に動き始める。

だぁ〜っと走り始める子も出てきた。

おしゃべりが、だんだん消えていく。

体育館の中に、おばけたちの風に乗って動くにおいがしてきた。

鼻がむずむずする。

先生が体育館の明かりをつけ、音楽を止めると、みんな、はっとしたように、動くのをやめた。

「あれぇ〜、なんか変な気分」

トオルがつぶやいた。

「うん、なんか、夢見《ゆめ》てたみたい」

女子たちも、となりの子と手をつないだりして、うなずきあう。

「みんな、少しはおばけの気持ちがわかったかな？」

先生が、にっこりして言った。

「わからんけど、でも、岡《おか》さんとマネキンさん、なんかすごかった」

トオルが、こうふんした声をあげた。

つられておれたちみんな、岡みほことマネキンさんのほうを見た。

岡みほこは、マネキンさんをぎゅっとだいたまま、下を向いて、何も言わない。

「はい、では、今日のおばけになってみる練習、楽しかった人！」

先生は、みんなのほうを向き直ってたずねた。

みんな、さっと手をあげた。

おれはちらっと、岡みほこを見た。岡みほこも、マネキンさんといっしょに、小さく手をあげていた。

毎日練習している。四年二組のおばけ街《まち》は、だんだん人間の世界じゃなくなっていく。おれたちは、どこか知らない国の知らない街のおばけたち。

体育館のすみっこでうずくまって、ときどきふうっと立ちあがり、ゆうっくりまわりを見わたして、またうずくまるやつ。

体育館のはしっこにまとめてある緑色のネットに体を半分ぐるぐるまきにして、足をバタバタさせるやつ。

両手両足を床《ゆか》につけてはいまわり、とつぜん、天井に向けてうぉーっとほえるやつ。

女子は、三人、五人と、だんごになって、波みたいにぶつかったり、ばらばらに散《ち》らばったり。

おばけのおまわりさん役の由美子《ゆみこ》は、長い脚《あし》でダンダンと床《ゆか》をたたき、長い腕《うで》で空気をふりはらうようにしながら、せかせか早足で体育館の中を歩きまわる。

ケンは、ヘビー級のお化け自動車になって、体を丸め、腰《こし》をぶうんぶうんふりまわして、あちこちにぶつかりながら、街《まち》をつっ走る。

トオルは、体をかちんとこおらせて、まったく動かない。

「おまえ、なに冷凍庫《れいとうこ》の氷みたいに固《かた》まってんだよ」

からかうと、

「タマシイがさ、こおりついてんの。おばけになってみたらさ、ぼくのタマシイ、動かないの」

トオルが大まじめに答える。

へえ、そんなもんかねぇ。

おれは、ぶうらりぶらり、みんなの様子を見てまわる。

重田《しげた》も中途半端《ちゅうとはんぱ》に手だけぷらんぷらんさせて、体育館の中をさまよっている。先生がおれと重田をよんだ。

「重田君、それにサトシくん、あなたたち二人は、なかなか、おばけになれないみたいね。そうだ、ずっとおあずけになっていた二人の勝負、おばけになってやってみたらどうかしら。見えないすもう。見えないボクシング。なんでもいいから、おばけのスローモーションでたたかいをやってみたら？」

おれたちは顔を見あわせる。

ためしに、おれが、ゆっくり右手を重田のほっぺたに向かってのばす。

すると、重田が、ゆっくりしゃがんで、パンチをかわし、そのまま、腰をひねって、もっとゆっくり左足をけりあげる。

おれが、それをかわして、ゆうっくりジャンプ。

「おお、二人とも、全身使ってるね。うまいうまい」

先生は、うなずいた。

チェッ。ほめられても、うれしくねえし。

重田《しげた》とおれは、スローモーションのおばけ勝負を続《つづ》ける。

岡《おか》みほことマネキンさんは、じっと街《まち》の様子を見ているときもあれば、急にふわりと走り出して、はだしの足でくるくるっとまわったり、ジャンプしたりすることもある。もう、からかうものは、いなくなった。

ほんと、それどころじゃねえって。

おれたちは少し前まで四年二組の人間だったけど、今は、ちがう。

おばけだぁ〜。

参観日《さんかんび》の前の日。

おれは、安光《やすみつ》先生をさがして、職員室《しょくいんしつ》に飛《と》びこんだ。

「先生、たいへんだ。マネキンさんがいない」

「え、ああ、そう。終わりの会のときにはちゃんといたはずよ」

「ああ、そう、じゃねえよ」

おれはのんびりしている先生の腕《うで》を引っぱって、教室にもどった。

見ろ、やっぱり。マネキンさんは、すわっているはずのいすの上から姿《すがた》を消している。

「な、先生。どうしよう。だれかのいたずらかな」

先生は、う～んと、声を出した。

「はやく、さがしに行こうや。見つからなかったら、たいへんだ」

おれは、いてもたってもいられなかった。

「サトシくん、そんなにマネキンさんのことが気になるの？」

「そ、そりゃぁ、明日《あした》みんながこまるだろ」

先生は、おれの顔をじっと見て、意味不明なほほえみをして、それから、きっぱり言った。

「よし、わかった。じゃあ、二人でさがしに行こう。おうちには、先生かられんらくしておきます。少しおそくなりますって」

「理由は言わないでいてくれるか？」

先生は、おれの顔を見て、うなずいた。

先生は、両手をふって、さっささっさと歩き続《つづ》ける。おれ、足には自信《じしん》があるのに、ついていくのがやっとだ。

街《まち》をぬけ、千望山《せんぼうさん》のほうへ登っていく。

「先生、こんなとこ登っていって、マネキンさんが見つかるんか?」

息が切れて、先生にかけるる声がふるえる。

先生は、おれのほうをふりかえり、笑《わら》いかける。

「ほら、ほら。クラス一の早足さんも、たいしたことないね」

おれは、もうれつに腕《うで》をふって、先生を追いこした。

四十分近く山道を登ってたどりついたのは、

「岡《おか》ナチュラルファーム」という看板《かんばん》の立った場所だった。

「先生、ここ……」

ハァハァ言いながら、先生を見あげる。

「そうよ、岡さんのおうち」

そのとき、コココココッという鳴き声が、足もとで聞こえた。

「おおっ、びっくりしたぁ」

茶色い体のニワトリが、足のすぐそばを動きまわっている。

「岡さんちのニワトリね。元気いいわぁ。土の中のミミズをさがしてるのかしら。よかったわね、あなたたちは。人間があたえるエサだけじゃなくて、すきなものを自分でさがして食べられるんだもんね」

先生が、しゃがんで話しかけようとすると、ニワトリは、こくこくっと、首を動かして、去っていった。

「や〜い、先生、にげられてらぁ」

思いきり笑ってやった。そのとき、向こうのほうから歩いてくる、岡みほこの姿《すがた》が見えた。

「あれ、ああっ」

岡みほこが、すぐそばまでやってきた。

「とつぜんに、ごめんなさいね。サトシくんが、マネキンさんのこと心配してくれてたから、ここまでいっしょに来ちゃった」

先生をにらんだ。

「待てよ、先生。じゃ、マネキンさんは、ここにいるのか。先生は、マネキンさんがここにいるの、はじめから知ってたんか？」

「うん、みほこさんが、今晩《こんばん》いっしょに連《つ》れて帰りたいって、相談に来てくれてたからね」

岡《おか》みほこは下を向いている。

そのとき、よく日に焼けた男の人が、長ぐつをがっぽがっぽ言わせながら、近づいてきた。

「こんにちは。よくいらっしゃいました」

別《べつ》のニワトリも、首を右左にふりふりついてきた。

「おい、おまえら、今日はいいかげん砂遊びもひなたぼっこもしただろう。もううちに帰れよ」

男の人は、人間に言い聞かせるみたいに、ニワトリたちに言った。

「おいで」

岡《おか》みほこが、二羽《わ》のニワトリをサッとかかえあげ、ほかのニワトリたちを追いたてるようにしてニワトリ小屋のほうへ歩いていった。

おれは、そのうしろ姿《すがた》を見ながら、ちょっとぽっかーんとしてしまった。

「みほこがいつもお世話になっています。明日《あした》の参観日《さんかんび》には、なんとか出かけたいと思ってるんですが、生き物たち相手なんで、かわりに世話をしてくれる人が見つからないと、なかなか出かけるわけにもいかなくて……」

男の人は、頭をさげた。それから、おれと目があうと、顔を近づけ、たずねてきた。

「きみは、みほこのお友だち?」

おれは、うしろにとびのいた。

「ちがう。ぜんぜんちがう」

「ちがわないわよ。サトシくんは明日、みほこさんとマネキンさんがちゃんとおどれるか心配で様子を見に来たんだから」

先生、だまれ、だまれ。

「そうか、あのへんな人形……しつれい、あのちょっと変わった人形は、そういうことだったんですね。みほこが、顔がよごれてるからってせっけんであらって、干《ほ》してますよ」

先生とおれは顔を見あわせた。

「どこに?」

「向こうのイノシシ小屋のうらっかわ。うちで一番風通しがいいんです」

イノシシ？　どこ？　どこだ？

おれ、いっぺん、本物のイノシシ見てみたかったんだ。

「先生、行ってみていい？」

先生が返事をするより早く、岡《おか》みほこのとうちゃんが、「こっちだよ」と、おれといっしょに歩き出した。

畑の横を歩きながら、岡みほこのとうちゃんは、ぽつりとつぶやいた。

「みほこは、動物とはすぐになかよくなるんだが、人間の友だちをつくるのは、苦手みたいでね。まさか、きみみたいな元気な子が来てくれるなんて」

あいつは、クラスで一番おれにからかわれていること、とうちゃんに言ってないのか。なんか、すっごくきまりが悪かった。

ここって本当に、広い。ついきょろきょろ、いろんなものを見てしまう。

「ほら、あそこだよ」

うす茶色のしわしわになった体でぶら下がっている何本もの大根のあいだに、マネキンさんも両手をあげてぶら下がっていた。

金色に光る髪《かみ》の毛がだらりとたれていて、見なれてるマネキンさんなのに、ちょっとびびった。

「オスッ」とマネキンさんに軽くあいさつして、その場をはなれ、イノシシ小屋をのぞきこんだ。

うすぐらい小屋のおくのほうに

黒いもっさりしたかたまりが見える。

「おどかしたりすると、すごいいきおいでとつげきしてくるから、気をつけたほうがいい」

声におどろいてふりむくと、岡《おか》みほこが立っている。

「とつげき?」

「うん、自分を守るためには、それしかないから。このあいだは、小屋をこわしそうになった」

岡みほこが、ふつうにしゃべっている。

どきどきした。

「あ、こっちを見てる。けいかいしてる。心の中で、こんにちは、こんにちは、って、くりかえして」

言うとおりにした。

イノシシは、きらりと光る目玉をこちらに向けて少しずつ近づいてきたが、途中《とちゅう》で足を止めて、引きかえした。

おれは、ふうっとため息をついた。

「おまえ、すげえな」

「え?」

「こわくないんか?」

「こわくない。気持ちがわかるもん」

二人で、小さな声で話しているところへ、先生とみほこのとうちゃんがやってきた。

「家の中に入りなさい。うちのうみたて卵《たまご》で卵焼きをごちそうしよう。みほこ、いつもの作ってくれ」

みほこんちのニワトリたちがうんだ卵《たまご》は、ふわふわで口の中にぶわぁ～っとあまい味が広がっていく。

「うまい。中に何を入れたの？」

みほこは「塩だけ」と小さい声で答えた。

「うそだろ？　塩が入ってるのにこんなにあまいのか？　おれ、いつもはケチャップかけて食べるけど、これ、ケチャップいらない」

おれが大きな声でさけんだので、先生も、みほこも、みほこのとうちゃんも、みんな笑《わら》った。

帰り道、看板《かんばん》のところまで送ってくれたみ

ほこに、聞いた。

「おまえ、マネキンさんといっしょにおばけなんかやらされて、いやじゃなかったんか?」

みほこは、下を向いたまま答えた。

「いやじゃない。向こうの世界ってどんなんだか、知りたい。かあさんに会えるなら、行ってみたい」

おれは、一度歩くのをやめた。それから、みほこの言葉が聞こえなかったふりして、そのまま坂道をぐんぐんおりていった。

「まってよ、サトシくん。じゃあね、みほこさん、明日《あした》ね」

先生も急いでついてくる。

山道をおりきったところで、おれ、先生に言った。

「前に先生のこと『弱いもんの味方ばっかしてずるい』って言った。けど、あいつ、弱いもんじゃなかった」

先生は、ゆっくりうなずいた。

「そうだね、みほこさんは、弱虫じゃないわね」

「先生、おれんちのかあちゃんも、明日《あした》の参観日《さんかんび》は来ないと思う」

先生は横にならんできた。

「そうなの?」

「参観日は、いっつもおれのせいで大ハジかくから、行かないって。でも、ばあちゃんだけは、いつでも、サトシは元気がよくて何よりじゃって言ってくれてた」

しゃべりながら、ばあちゃんの顔がうかんできて、鼻のおくがつうんとなった。

「あいつ、かあちゃんに会いたいって言ってたけど、おれだって、死《し》んだばあちゃんに会いたい」

ちくしょう。なみだ、止まんない。

「そっか、そうだね、会いたいね。よし、明日《あした》は、そんな気持ちもわすれないで、おどろう！」

それから先生と二人、だまって歩き続《つづ》けた。


朝が来た。参観日当日だ。体育館に集まった親たちがいっぱい。

なんなんだよ。来ないと言ったくせに、かあちゃんも、となりの人に頭を下げながら、ちゃんと立ってる。

みんな、体育館にカーテンを引き、電気も消して、体育ずわりで、ダンスの始まりをまつ。

いつも、わいわいがやがやうるさい
みんなが、おしゃべりひとつしない。
低《ひく》い音が流れ始める。

暗い中でそれぞれの動きが始まる。おばけのガソリンスタンド。おばけの車。おばけの街灯《がいとう》。

音楽はどんどん大きく強くなっていく。

ケンも、由美子《ゆみこ》も重田《しげた》もトオルも、おばけの街《まち》の空気をすって、おどりまくる。

その真ん中に飛《と》びこんだみほこは、はだしでぴょーんと一度ジャンプした。マネキンさんもジャンプ。みほこは、右足をくいっと胸《むね》のあたりまで曲げて引きよせると、髪《かみ》の毛をゆらしてくるっと回転。そのまま、まわりの木々を腕《うで》でふりはらうように、ガンガンなぎたおしていく。マネキンさんといっしょに。

おれは、おばけの木の役だったんだけど、ぼうっと見ていたら、みほことマネキンさんの大きなジャンプでけりたおされた。

見学していた親たちが、大笑《わら》い。かあちゃんも、手をたたいて笑っている。

ギイッと、体育館のドアが開いて、細い光が差《さ》しこんだ。

マネキンさんと大きくジャンプしていたみほこと、光を背中《せなか》にしたみほこのとうちゃんの目が一瞬《いっしゅん》、あった。おれは、見た。

おばけの街が、音楽のリズムといっしょに、どんどんはげしくどんどんどんあざやかになる。

「岡《おか》さん、すげーな」

重田たちが、自分たちもおどりながら、顔を見あわせる。

「岡さんとマネキンさん……笑ってる」

女子たちもおどりながらつぶやく。

だんだん曲の音が小さく小さくなっていき、とうとう、ヒュ〜っという風の効果音《こうかおん》といっしょに、止まった。

参観《さんかん》していた大人たちは、大はく手だった。

その日の学級会で安光《やすみつ》先生は「今日の発表はどうでしたか？」とみんなに聞いた。

「すごかった」

「岡《おか》さんとマネキンさんがすごかった」

「途中《とちゅう》から、体を動かすのが楽しくなった」

クラスにはく手が起《お》こった。

おれは、決心して、立ちあがった。

「岡さん、これまでからかって、ごめん」

「おおっ、おまえだけいいカッコして、どうしちゃったんだよ」

重田《しげた》がからかう。

「うるさい。悪かったと思うからあやまってるだけだろ。ほっとけ」

重田がしゅんとなった。

みんな急にしんとなった。

「いいよ、楽しかったから」

小さい声だったけど、みほこの声だった。

「さぁ、マネキンさんのことこれからどうしますか？」

先生の問いかけに、クラスの女子の一人、古田愛里《ふるたあいり》が立ちあがった。

「さっきね、体育館から出るとき、うちのおかあさんが『あのマネキンさん、髪《かみ》がボサボサすぎるから、うちに持ってきなさい。きれいにカットしてあげる。美人さんだから、上手にカットしたらきっとすてきよ』って言ってました」

マジか。

「おまえんちのかあさん、マネキンを連《つ》れて帰ってもいやがらないのか？」

おれが念《ねん》をおすと、愛里《あいり》は平気な顔で答えた。

「あら、うちは美容院《びよういん》だもん。カットの練習用にマネキンさんの仲間《なかま》はいっぱいいいるわよ。みんなすてき。マネキンさんもきれいにしてあげたら、イイ線いくわ、きっと」

由美子《ゆみこ》が、背《せ》のびをして、それから、大きな声で言った。

「え～、そういうわけで、最初《さいしょ》にここに連れてきたサトシとトオルが、四年二組を代表して、マネキンさんをだいて、古田《ふるた》さんちの美容院まで連れていく

ことになりました。これで、いいですか？」

クラス中からはく手が起こった。

ケンが、右手を上げた。

「さて、クイズです。マネキンさんの口がきけたら、なんて言うでしょう。1、ありがとう。2、さようなら。3、うらめしや～」

だれも、手をあげなかった。

「ちぇっ、なんだよなんだよ。せっかく笑《わら》わせようと思ったのに」

ケンがいすをガタンとならせてすわり直した。

「ざんねんでした、またどうぞ～」

トオルが、ケンに向かっておどけてみせた。そして、「マネキンさんをなめると、えらいめにあうぞ」と言った。

「ね、サトちゃん」

おれは、返事をしなかった。
まよったけど思いきって、みほこに声をかけた。
「おまえも行くか?」
みほこは、ちょっと考えていた。それから、にこっと笑《わら》って「うん」と、うなずいた。

あとがき

このおはなしは、岡山の小学校で起こった本当のできごとをもとにしています。

いたずらざかりの元気な男子二人組が、河原《かわら》でマネキンを拾い、担任《たんにん》になったばかりの若《わか》い先生をからかおうと教室にそのマネキンを持ち込《こ》んだことがきっかけで、最初《さいしょ》は大騒動《おおそうどう》になったのです。が、みんなで考え、みんなで自分とは違《ちが》う存在《そんざい》を認《みと》め受け入れることの喜《よろこ》びを学んでいったのだという話を聴《き》く機会《きかい》を得《え》ました。みんなで作り上げたダンス（正式には表現運動の「表現」に該当《がいとう》しますが、本文では「ダンス」という言い方にしています。）も、写真《しゃしん》でたくさん見せてもらいました。

子どもたちの心のこわばりは、身体のこわばりとつながっていて、そのこわばりをほどくことに、ダンスが見事な力を発揮《はっき》するのだと、いきいきと踊《おど》る子どもたちの姿《すがた》を見て強く確信《かくしん》しました。

作品に「マネキンの頭部」を登場させることには、これまでのいろいろな事件《じけん》が想起《そうき》されるのではないかという危惧《きぐ》もありましたが、実際《じっさい》に子どもたちが、「異《こと》なり」と向き合っていく姿は真剣《しんけん》そのものでしたので、そこに寄《よ》り添《そ》って物語を紡《つむ》ぎたいと決心して、書き始めました。

最後《さいご》まで読んでくれたみなさん、そしてこのお話のもととなるエピソードを伝えてくださった安江美保先生と当時のクラスのみなさん、ありがとうございました。

村中李衣《むらなかりえ》

村中《むらなか》李衣《りえ》

一九五八年、山口県生まれ。児童文学作家、ノートルダム清心女子大学教授。
児童文学の創作に携わりつつ、小児病棟の子どもたちや
受刑中の母親との絵本の読みあいを通した読書療法や
絵本を介したコミュニケーションの可能性について研究している。
『小さいベッド』（偕成社、産経児童出版文化賞）、
『おねいちゃん』（理論社、野間児童文芸賞）、
『チャーシューの月』（小峰書店、児童文学者協会賞）、
『かあさんのしっぽっぽ』『よるのとしょかんだいぼうけん』（ＢＬ出版）
等の児童文学作品や
『絵本を読みあうということ』（ぶどう社）、
『哀しみを得る　看取りの』（かもがわ出版）等のエッセイがある。
第一回日本絵本研究賞受賞。

武田《たけだ》美穂《みほ》

一九五九年、東京生まれ。
絵本に、絵本にっぽん賞、講談社出版文化賞・絵本賞を受賞した
『となりのせきのますだくん』に始まる「ますだくん」シリーズ、
絵本にっぽん賞を受賞した『ふしぎのおうちはどきどきなのだ』、
日本絵本賞読者賞を受賞した『すみっこのおばけ』、日本絵本賞大賞、
読者賞を受賞した『おかあさん、げんきですか。』（以上ポプラ社）、
『おさるのこうすけ』（童心社）、『オムライスヘイ!』（ほるぷ出版）
『わすれもの大王』（ＷＡＶＥ出版）、『たいふうのひ』（講談社）など。
挿絵に「カボちゃん」シリーズ（理論社）、
「ざわざわ森のがんこちゃん」シリーズ（講談社）など。
その他人形デザイン、キャラクターデザインも手がける。

マネキンさんがきた

2018年4月30日　第1刷発行

作＝村中李衣
絵＝武田美穂
デザイン＝細川佳
発行者＝落合直也
発行所＝ＢＬ出版株式会社
〒652-0846
神戸市兵庫区出在家町2-2-20
ＴＥＬ●078-681-3111
http://www.blg.co.jp/blp
印刷・製本＝図書印刷株式会社

NDC913　92P　22×16cm
ISBN978-4-7764-0856-7 C8093